13 Avril 1896.

P

VENTE PAR SUITE DE DÉPART

EN L'HOTEL DE M. X...

42, RUE BASSANO, 42

IMPORTANT

MOBILIER

OBJETS D'ART, TAPISSERIES

TABLEAUX. ARGENTERIE

Mᵉ G. BOULLAND
Commissaire-Priseur
26, rue des Petits-Champs, 26

M. A. BLOCHE
Expert près la Cour d'Appel
28, rue de Châteaudun, 28

IMPRIMERIE ARTISTIQUE

E. MÉNARD & Cie

Bureaux et Ateliers : Paris — 8, Rue Milton

CATALOGUE

IMPORTANT MOBILIER

Styles Louis XIV & Louis XVI

Ayant été fourni par les Maisons **PEQUEREAU-GUILBERT et TERNISIEN**

MEUBLES ANCIENS

TRÈS BELLES TAPISSERIES DU XVIIIᵉ SIÈCLE

TENTURES, TAPIS,

BRONZES DE BARBEDIENNE

Émaux cloisonnés, Porcelaines anciennes montées
Argenterie, Orfèvrerie

MARBRES — TABLEAUX MODERNES

Le tout appartenant à M. X...

Et garnissant son hôtel où la vente aura lieu

42, RUE BASSANO, 42

Les Lundi 13, Mardi 14, Mercredi 15 et Jeudi 16 Avril 1896

A DEUX HEURES 1/4

Mᵉ G. BOULLAND	M. A. BLOCHE
COMMISSAIRE-PRISEUR	EXPERT PRÈS LA COUR D'APPEL
26, Rue des Petits-Champs	28, Rue de Châteaudun

Chez lesquels on trouve le présent Catalogue

EXPOSITIONS

PARTICULIÈRE	PUBLIQUE
Le Samedi 11 Avril 1896	Le Dimanche 12 Avril 1896

de 2 heures à 6 heures

NOTA. — L'hôtel est à vendre ou à louer.

D.0.3412

CONDITIONS DE LA VENTE

La vente sera faite *expressément* au comptant.

Les acquéreurs payeront en sus des adjudications *cinq pour cent.*

L'exposition mettant le public à même de se rendre compte de l'état des objets, il ne sera admis aucune réclamation une fois l'adjudication prononcée.

Paris. — Imp. E. Ménard & Cie, 8, rue Milton

DÉSIGNATION

Rez-de-Chaussée

Vestibule

1 — Beau meuble crédence en bois sculpté, les portes offrant des têtes et des rosaces, les bandeaux des mascarons au milieu de rinceaux et les montants des cariatides d'hommes et de femmes. xvie siècle.

2 — Psyché en noyer sculpté incrusté de marbre avec glace biseautée.

3 — Grand porte-manteau en bois sculpté.

4 — Lampadaire formé par une grande et belle statue en bronze grandeur nature représentant une odalisque tenant un bouquet à quatre lumières de F. Guillemin (1872), édition de Barbedienne. Socle en marbre rouge, système à gaz.

Haut. 2m70.

5 — Deux colonnes en stuc.

6 — Deux vases forme barils en porcelaine du Japon, décor à personnages, socles en bois sculpté.

7 — Deux supports en noyer sculpté, dessus de marbre.

8 — Deux jardinières en porcelaine de Chine, décor en bleu à chrysanthèmes.

9 — Banquette en noyer sculpté couverte en velours rouge frappé.

10 — Deux grands vases en porcelaine du Japon, décor polychrome à personnages, socles en bois.

11 — Support rond en bois de fer sculpté de Chine, dessus en marbre.

12 — Jardinière octogonale en porcelaine du Japon, décor en bleu à cigognes dans des nuages.

13 — Deux lanternes suspendues à des potences en bronze gravé, travail de Barbedienne, système à gaz.

14 — Deux beaux panneaux en ancienne tapisserie représentant l'éducation de Bacchus et Apollon à la chasse. Époque Louis XV.

15 — Panneau en ancienne tapisserie représentant Persée et Andromède.

16 — Tapis long fond rouge à semis de fleurs, bordure fond crème.

17-18 — Deux petits tapis d'Orient, dessins variés.

19 — Décor de croisée en velours rouge avec bandes et bandeau en ancienne tapisserie à enroulements, fleurs et volatiles, orné de franges et passementeries assorties.

20 — BRETON (ÉMILE). Portrait du chien « Titus ». Signé à gauche.

Salon d'attente

21 — Belle tenture composée de cinq panneaux en ancienne tapisserie d'Aubusson
représentant des sujets d'après J.-B. Huet :
la Diseuse de Bonne Aventure, les Diver-
tissements champêtres, le Colin-Maillard,
le petit Dénicheur de nids, la Marchande
de plaisir et le Cerf-Volant, compositions
de nombreux petits personnages, puis des
bergers et bergères surveillant leur trou-
peau ou jouant de la cornemuse dans des
paysages accidentés et avec vues de villes
et de villages en perspective.

22 — Canapé en noyer sculpté couvert en
ancienne tapisserie à perroquets dans des
branches d'arbre.

23 — Canapé couvert en velours rouge
frappé, garni de clous en cuivre et
franges polychromes.

24 — Coffre formant banquette en bois sculpté à ornements, dessus en velours rouge.

25 — Deux fauteuils en noyer sculpté, pieds en X, style XVIᵉ siècle, couverts en ancienne tapisserie verdure avec volatiles de la maison Pecquereau et Guilbert.

26 — Quatre chaises en bois sculpté, style Louis XIII, couvertes en ancienne tapisserie verdure, montées par Pecquereau et Guilbert.

27 — Jardinière en porcelaine du Japon à branchages fleuris, montée sur pied en bois sculpté.

28 — Table en bois sculpté, dessus en marbre brocatelle.

29 — Deux tabourets forme X en bois sculpté, dessus en velours rouge avec applications d'ancienne tapisserie à fleurs et fruits, style Renaissance de la maison Pecquereau.

30 — Statuette en bronze : David, de Mercié, édition de Barbedienne.

31 — Pendule en bronze ciselé et poli à ornements, forme monument, surmontée d'un vase enguirlandé, style Louis XIV, socle en bois garni de bronzes.

32 — Paire de grandes lampes formées par des vases en céladon vert clair de Chine, décor en bleu à arbustes fleuris, montures en bronze poli dans le goût chinois de la maison Barbedienne.

33 — Deux chenêts en cuivre poli à mufles de lions. Style Louis XIII.

34 — Lustre flamand en cuivre poli à huit lumières, système à gaz.

35 — Deux potiches en ancienne porcelaine du Japon à personnages dans des paysages.

36 — Deux chimères en grès de Chine, décor en vert, rouge et blanc.

37 — Bougeoir en bronze poli, style Renaissance.

38 — Encrier analogue.

39 — Petit plateau en argent, bordure à perlé.

40 — Assiette en porcelaine du Japon, décor en rouge et or sur fond blanc à branchage fleuri.

41 — Décor de croisée en velours rouge avec bandeau et bandes en ancienne tapisserie, orné de franges assorties.

42 — Tapis de table en velours rouge garni de bandes en ancienne tapisserie à fleurs et ornements.

43 — Tablette de cheminée avec bandeau en ancienne tapisserie à fleurs, volatiles et festons de rubans.

44 — Grande carpette d'Orient, fond jaune à petits dessins, bordure bleue, encadrée de moquette bistre.

45 — Deux coussins en moquette orientale.

Escaliers

46 — Tapis chemin, fond rouge à petits dessins, bordure crême, couvrant soixante-
quinze marches et quatre paliers.

47 — Grande potiche octogonale avec cou-
vercle laquée rouge, décor doré à volatiles dans des branchages fleuris. Socle
en bois noir gravé.

48 — Deux grands vases tulipes en porcelaine du Japon, décor en bleu à canards
dans des paysages. Socles en bois.

49 — Paire de grands vases en porcelaine de
Chine vert clair, décor en émail blanc à
personnages, anses à chimères.

5o — Beau lampadaire en bronze : Nymphe
tenant un bouquet à quatre lumières de
Falguière, édition de Barbedienne, posant sur gaîne en marbre rouge.

Haut. 2″60.

51 — Deux grands vases laqué rouge, décor
d'or à personnages, socle en bois gravé.

52 — Vase tulipe en porcelaine du Japon,
décor polychrome à nombreux personnages, guerriers combattants.

53 — Deux vasques en porcelaine de Chine,
décor en relief à ibis dans des nuages, sur
fond gros bleu.

54 — Deux supports en bois de fer sculpté
et ajouré, dessus en marbre rouge.

55 — Paire d'appliques en bronze fumé et
frotté représentant des têtes d'éléphants
à deux lumières, monture de Barbedienne,
système à gaz.

56 — Deux jardinières en céramique fond rouge, décor à scènes chinoises.

57 — Deux supports en bois noir sculpté.

58 — Paire d'appliques forme trompe à deux lumières en bronze fumé et frotté.

59 — Cinq panneaux en ancienne tapisserie verdure, représentant des paysages accidentés.

60-61 — Deux petits tapis en peau de tigre.

1er étage

Fumoir

63 — Joli meuble cabinet d'aspect architectural en bois d'ébène et écaille, le haut ouvrant à onze tiroirs et une porte, orné de bronzes, le bas à colonnes torses. Époque xviie siècle. Intérieur gaîné de satin grenat.

64 — Table à jeu en marqueterie de bois satiné et de luxe, dessins à losanges, ornée de bronzes. Style Louis XVI.

65 — Deux fauteuils et deux chaises en bois noir sculpté, couverts en imitation de tapisserie, fond crême à vases fleuris et grands ornements. Style Louis XIV.

66 — Paravent à quatre feuilles garnies le haut de vitraux, le bas de cuir avec peintures à fleurs. Fruits et rocailles.

67 — Joli pendule en marbre noir garnie de bronzes à sphinx ailés et garnitures de vigne, surmontée d'une statuette représentant la Vestale de Aizelin, signée et datée 1863, édition de Barbedienne.

68 — Paire de lampes en porcelaine du Japon à cigognes, monture en bronze ciselé et doré.

69 — Deux vases en porcelaine jaune craquelée de Chine, décor bronzé en relief à dragons et rochers, socles en bois sculpté.

70 — Deux hauts·supports en bois noir sculpté, dessus en marbre rouge.

71 — Deux vases en craquelé gris de Chine. monture en bronze bruni ciselé, fumé et frotté, dans le goût chinois.

72 — Vase hexagonal en ancienne porcelaine
de Chine, décor en rouge à incrusta-
tions.

73 — Autre analogue, décor à personnages.

74 — Vase de forme aplatie en grès craquelé
de Chine.

75 — Trois assiettes du Japon, décor à bran
chages fleuris en rouge et or.

76 — Paire de lampes formées par des vases
en porcelaine de Chine, décor : bandes à
petits dessins et objets d'ameublements en
polychrome et or sur fond blanc, monture en bronze ciselé et doré dans le goût
chinois.

77 — Vase cylindrique en porcelaine du
Japon, décor en bleu.

78 — Lustre en bronze orné de cristaux à
vingt lumières.

79 — Devant de feu en bronze, brûle-par-
fums sur balustrades. Style Louis XIV.

80 — Décor de croisée en reps bleu avec bandes en imitation de tapisserie.

81 — Tapis fond rouge à branchages fleuris.

82 — LASALLE (Louis). La Sortie de l'école communale et la Causerie. Deux pendants, signés.

83 — BERGEROT (Louise). Pêches et raisins, nature morte, signé à gauche.

Petit salon

84 — Bel ameublement en bois finement
sculpté et doré à rais de cœur, feuilles
d'achantes, piécettes enfilées, frontons à
trophées, guirlandes de roses, pieds à
cannelures, couvert en velours de Gênes,
dessins à corbeilles et bouquets de fleurs
suspendus entre des branchages et festons
entrelacés en polychrome sur fond bleu
pâle, composé de deux canapés et quatre
fauteuils. Style Louis XVI. Travail de
Pecquereau et Guilbert.

85 — Six chaises en bois sculpté et doré,
dessins à rais de cœur, et colonnettes
cannelées, couvertes en velours de Gênes
jaune d'or à semis de fleurs quadrillé
polychrome, style Louis XVI, de Pecquereau et Guilbert.

86 — Jolie console en bois sculpté et doré à
guirlandes de roses, bandeau à branches
de laurier, pieds cannelés et feuillages
reliés par un croisillon surmonté d'un
vase enguirlandé, dessus en marbre veiné,
style Louis XVI.

87 — Petite console d'entredeux analogue à
la précédente.

88 — Très jolie garniture de cheminée, en
bronze finement ciselé et doré, composée
d'une pendule forme monument surmonté
d'un vase enguirlandé, cadran avec coq,
le bas avec guirlande de laurier et tête de
satyre, et de deux candélabres à six bougies, forme obélisque surmontées de deux
mappemondes avec étoiles, les trois pièces
posant sur socle en marbre blanc, travail
de style Louis XVI, de la maison Barbedienne.

89 — Paire de grands vases en porcelaine
du Japon, représentant un cortège de nombreux personnages, socle en bois doré.

90 — Deux porte-bouquets en porcelaine de
Saxe à petits personnages, anses à têtes
de chèvres, monture en bronze doré.

91 — Beau lampadaire à douze lumières en
bronze émaillé, fond bleu à ornement
sur trépied en bronze doré à têtes de
lionnes, enrichi de cabochons améthystes,
signé de Sevin, édition de Barbedienne.

92 — Joli buste en marbre blanc : la Du-
chesse d'Etampes, de E. Aizelin (signé),
socle en marbre rouge, orné de perlés et
d'un tore de laurier en bronze ciselé et
doré.

93 — Deux jolis flambeaux en bronze finement ciselé et doré à guirlande de roses,
rosaces, et tore de laurier, style Louis XVI,
travail de Barbedienne.

94 — Paire de beaux candélabres, formés
par des vases à quatre faces en ancienne
porcelaine de Chine, décor en relief à personnages dans des paysages, d'où s'échap-

pent des rinceaux feuillagés à neuf lumières en bronze doré, monture dans le goût chinois.

95 — Grand et beau lustre à vingt-cinq lumières en bronze doré et cristaux.

96 — Paire d'appliques à six lumières analogues.

97 — Devant de feu en bronze ciselé à vases enguirlandés sur des balustrades. Style Louis XVI.

98 — Pare étincelle, forme éventail, en bronze ciselé et doré à ornements. Style Louis XVI.

99 — Porte-pelle et pincettes en bronze doré.

100 — Deux décors de croisée en soierie mordorée à petits bouquets et guirlandes, avec bandeaux et bandes en peluche crême brodé de soie au cordonnet et au chenillé,

à arabesques, galeries dorées, doublés
de soie armurée havane. Travail de
Ternisien.

101 — Paire de rideaux, en taffetas rose,
garnis de franges assorties.

102 — Cinq coussins en velours et soie brodés et brochés.

103 — Décor de baie en peluche crême richement brodé de soie et d'argent doré à rinceaux fleuris avec lambrequin en satin
rose brodé à jardinière au milieu d'arabesques, doublé de soie mordorée et garni
de franges et pompons assortis de Ternisien.

104-105 — DUEZ (E.) Le Printemps et l'Hiver
Deux grands tableaux se faisant pendants,
signés et datés 1880.

Grand salon

106 — Très bel ameublement en noyer sculpté à coquilles et ornements, pieds à contours, couvert en velours de Gênes, dessin à parterres de fleurs et cornes d'abondance, sur fond crême, composé de deux canapés, quatre fauteuils, quatre chaises et deux tabourets. Style Louis XIV. Travail de la maison Pecquereau et Guilbert.

107 — Six chaises en bois sculpté et doré couvertes en velours de Gênes, dessin à entrelacs de fleurs. Style Louis XIV, même travail que le salon.

108 — Table de milieu en noyer sculpté à coquilles, rinceaux feuillagés et enroulements, pieds à contours reliés par un croisillon, dessus en marbre veiné. Style Louis XIV.

109 — Jolie console en bois sculpté et doré à coquilles, rinceaux feuillagés et branches de laurier ajouré, pieds à contours reliés par un croisillon surmonté d'une coquille. Style Louis XIV, dessus en marbre.

110 — Deux petites consoles d'entre-deux analogues.

111 — Beau piano en acajou moucheté avec panneaux en laque aventuriné d'or, décor doré à animaux, volatiles et insectes dans des branchages, clavier en nacre et en écaille. De la maison Guillot.

112 — Tabouret de piano en bois sculpté et doré couvert en satin crême brodé de soie.

113 — Table à jeu en marqueterie de bois garnie de bronzes ciselés et dorés. Style Louis XV.

114 — Deux très belles gaînes en marbre richement ornées de bronzes ciselés et do-

rés à cariatides d'hommes et de femmes, mascarons et rosaces. Style Louis XVI.

115-116 — Deux glaces biseautées avec cadres en bois sculpté et doré à grands ramages. Style Louis XIII.

117 — Très beau buste en bronze à patines de différents tons, grandeur nature représentant la *Bianca Capello* de A. MARCELLO, sur socle en marbre noir, édition de Barbedienne.

118 — Paire de beaux candélabres en marbre rouge richement garnis de bronzes ciselés et dorés à mascarons reliés par des guirlandes et des bouquets à dix lumières. Style Louis XIV, de Barbedienne.

119 — Très grand et beau vase en ancien émail cloisonné de Chine, fond bleu turquoise à fleurs, le haut de la panse, fond rouge à dragons dans des nuages en polychrome. Monture en bronze fumé et bruni à paons, têtes de chimères et d'élé-

phants, de Barbedienne. Socle en bois
doré. Pièce exceptionnelle.

120 — Coupe en ancien émail cloisonné de
Chine, décor représentant deux personnages dans un bac.

121 — Deux grands vases de Satzuma, décor
très fin représentaat des scènes de la vie
chinoise, eouvercles et anses ornés de
figurines d'enfants. Socles en bois doré.

122 — Paire de girandoles en bronze ciselé
et doré orné de cristaux à dix lumières,
sur fûts de colonnes cannelées en marbre
rouge, de Barbedienne.

123 — Lampadaire en bronze ciselé et doré
forme vase supporté par un trépied à
mufles de lions reliés par des guirlandes.
Style XVIIIᵉ siècle, de Barbedienne.

124 — Gaîne en stuc.

125 — Très jolie lampe en bronze ciselé, doré et émaillé, dessin très fin à arabesques feuillagées, pieds à têtes d'éléphants. Travail de style oriental de la maison Barbedienne.

126 — Grand vase en porcelaine du Japon, décor polychrome à ornements et fleurs, monture en bronze ciselé et doré de Barbedienne.

127 — Deux lampes en bronze à patine dorée et patine oxydée, décor à volatiles dans des nuages, de Barbedienne.

128 — Paire de vases de forme aplatie et octogonale en ancien émail cloisonné de Chine bleu turquoise, avec médaillon réservé en blanc à animaux et volatiles, monture en bronze fumé et frotté, formant candélabres à huit lumières. Travail de Barbedienne. Spécimens rares d'émaux cloisonnés.

129 — Deux porte-bouquets en bronze ciselé, doré et émaillé fond bleu turquoise

petits losanges et ornements avec ins-
criptions : PURITAS. Travail de Barbedienne.

13o — Paire de grands candélabres formés
par des vases en porcelaine gris craquelé de Chine, à personnages dans des
paysages en bleu et or d'où s'échappent
des bouquets à neuf lumières en bronze
doré, monture de Barbedienne.

131· — Vase en ancienne porcelaine de Chine,
décor à petits personnages au milieu de
hautes montagnes, monture en bronze
ciselé et doré. Travail de style Louis XVI
de la maison Barbedienne.

132 — Grande lampe en porcelaine de Chine,
décor en relief à pies dans des branchages
fleuris ; qualité rare de la famille verte,
monture dans le goût chinois en bronze
ciselé et doré, de Barbedienne.

133 — Pare-étincelles forme éventail en
bronze ciselé et doré à têtes de chérubins,
guirlandes et serpents. Style Louis XVI.

134 — Devant de feu en bronze ciselé et doré.

135 — Grand lustre en bronze doré et cristaux à trente bougies. Monture de Barbedienne.

136 — Deux appliques analogues à sept lumières, de Barbedienne.

137 — Porte-pelles et pincettes en bronze.

138 — Trois décors de croisée en brocatelle
de soie mordorée à grands ramages, avec
bandeaux et bandes en peluche crême
brodée de soies au cordonnet et au chenillé à arabesques fleuries et entrelacs,
doublés en soie armurée, galeriedsesoér .
Style Louis XIV. Travail de la maison
Ternisien.

139 — Trois paires de rideaux en taffetas
rose.

140 — Joli décor de baie en velours crême
brodé de soies et d'argent doré à ara-

besques fleuries avec lambrequin en satin vieux rose à coquilles et ornements, orné de franges et passementeries assorties, doublé en brocatelle de soie, de Ternisien.

141 — Six panneaux en soierie mordorée.

142 — Quatre coussins en velours et soie brodés et brochés.

142 *bis* — Tapis couvrant les deux salons, fond rouge à parterre de fleurs.

Salle à manger

143 — Très jolie suite de quatre tapisseries anciennes représentant de nombreux volatiles et quadrupèdes de toutes espèces au milieu de paysages accidentés et boisés, offrant en perspective des villes et villages avec pont et cours d'eau. Belle facture.

144 — Deux buffets en noyer sculpté, le bas flanqué de colonnes, ouvrant à quatre portes et deux tiroirs. Style Renaissance. Intérieur disposé en argentier, de Pecquereau.

145 — Table ronde en noyer sculpté à six rallonges, de Pecquereau.

146 — Dix-huit jolies chaises en noyer sculpté couvertes en panne rouge avec

bandes en ancienne tapisserie à fleurs, de
Pecquereau.

147 — Deux tabourets en bois noir sculpté
couverts de panne rouge garnie de tapisserie au point à branchages.

148 — Grande desserte en noyer sculpté,
dessus en marbre rouge griotte. Style
Renaissance, de Pecquereau.

149 — Huit consoles d'applique en noyer
sculpté.

150 — Grand décor de baie en panne rouge
avec bandes en ancienne tapisserie à enroulements et fleurs, de Ternisien.

151 — Très beau tapis de table en ancienne
tapisserie au petit point, représentant au
centre une armoirie encadrée dans un
tore de feuillages, sur fond bistre à branchages fleuris, bordure à enfants, mascarons et têtes de chérubins reliés par des
branchages feuillagés et fleuris. Porte la
date 1579. Spécimen rare et précieux.

152 — Six tabourets de pieds couverts en ancienne tapisserie à fleurs et fruits.

153 — Suspension en bronze ciselé et doré à une lampe et dix-huit lumières. Style Renaissance de Barbedienne.

154 — Deux grands vases à quatre faces en bronze du Japon, offrant en relief dans des cartels des volatiles et des animaux.

155 — Jardinière en bronze ciselé et doré, le bas à gaudrons, le haut à entrelacs ajourés. Style Renaissance. Travail de Barbedienne.

156 — Quatre girandoles en bronze ciselé et gravé à six lumières, de Barbedienne.

157 — Devant de feu en bronze ciselé et doré. Style Renaissance.

158 — Deux vases en faïence de Castelli à sujets tirés de l'histoire sainte, anses à serpents.

159 — Deux coquotières forme canards en ancienne faïence.

160-161 — Beaux cartel et baromètre en bronze ciselé et doré à cariatides de femmes ailées, mascarons et grappes de fruits. Travail de Barbedienne.

162 — Six plats en ancien émail cloisonné du Japon, décors à fleurs en polychrome.

163 — Deux potiches en ancienne porcelaine de Chine, décor en relief à fleurs en blanc et rouge sur fond bleu.

164 — Deux lampes formées par des vases en ancienne porcelaine, décor flambé, monture en bronze ciselé et doré dans le goût chinois, de Barbedienne.

———

ARGENTERIE, ORFÈVRERIE

165 — Beau service en métal ciselé, argenté
et gravé, composé d'un plateau rectangulaire, une fontaine, une théière, une
cafetière, un sucrier, un pot à crême et
un bol. Travail de Christofle.

166 — Deux brocs en cristal taillé avec monture en argent.

167 — Surtout de table en métal argenté à
gaudrons, composé d'une jardinière ovale
et de deux rondes de Christofle.

168 — Petit plateau métal gravé et argenté
de Christophle.

169 — Corbeille à pain en métal ciselé et argenté à épis de blé et fleurs, de Christofle.

170 — Plateau rectangulaire à anses en métal argenté et gravé, de Christofle.

171 — Dix rince-bouches en argent, bordure à perlés, avec gobelets en cristal.

172 — Service en argent, bordure perlée, composé d'un plateau à anses, une cafetière et un sucrier.

173 — Saucière avec plateau adhérent en argent ciselé, bordure à perlés.

174 — Deux brocs en cristal taillé, avec monture en argent anglais.

175 — Six salières en argent ciselé à têtes de béliers, style Louis XVI, avec récipients en cristal taillé.

176 — Plateau ovale en argent à anses, bordure perlée. Travail de Cartier.

177 — Autre analogue plus petit.

178 — Légumier en argent uni.

179 — Pot à crême en argent uni,

180 — Sonnette en bronze argenté et doré.

181 — Joli huilier en argent ciselé et ajouré
à médaillons, nœuds de rubans, colon-
nette et branches fleuries. Style Louis XVI.

182 — Paire de candélabres argenté à sept
lumières, de Christofle.

183 — Deux seaux à glace argenté, de Christofle.

184 — Cinq plats ovales de différentes gran-
deurs, en argent, bordures à contours.

185 — Neuf plats ronds analogues.

186 — Ècrin contenant 1º six douzaines de
couteaux de table, manches en nacre et
viroles en argent, 2º trois douzaines de
couteaux, manches en nacre et viroles en

argent doré et 3° trois douzaines de couteaux à dessert, manches en nacre, lames
et viroles en vermeil.

187 — Deux douzaines de cuillères à café en
argent.

188 — Service à salade en argent, partie
dorée.

189 — Douze cuillères à sel en argent uni.

190 — Louche, pelle et fourchette à poissons
et service à hors d'œuvre en argent uni.

PORCELAINE, VERRERIE

191 — Service en porcelaine blanche à filets dorés, bordures à contours, de l'escalier de cristal.

192-195 — Plusieurs services de verrerie.

———

Salle de Billard

196 — Grand billard en noyer, pieds sculptés
à cannelures et gaudrons, de la maison
Pecquereau et Guilbert. Avec ses acces-
soires tapis en drap vert et broderie au
chenillé.

197 — Douze chaises en noyer sculpté, montants à têtes de lions, couvertes en ve-
loursfrappé marron à fleurs de lys. Style
Renaissance, de la maison Pecquereau et
Guilbert.

198-199 — Deux petites tables à tablettes en
noyer sculpté, pieds à cannelures. Style
Renaissance.

200 — Deux canapés couverts en velours
rouge frappé.

201 — Grand décor de baie en velours rouge frappé avec bandes en ancienne tapisserie à fleurs, garni de galons et franges assortis surmontés d'une ample draperie.

202 — Suite de trois belles tapisseries anciennes représentant des chasses à courre au cerf et au sanglier, compositions de nombreux cavaliers, avec bordures à fleurs et feuillages.

203 — Suite de bordures en ancienne tapisserie à fleurs, pouvant former des décors de baies.

204 — Grand tapis d'Orient fond bleu avec médaillon crême, bordure rouge.

205-206 — Deux petits tapis anciens d'Orient.

207 — Deux tapis de table fond chaudron brodé.

208 — Bel appareil d'éclairage en bronze ciselé, argenté et doré à guirlandes et amours. Travail de Lerolle.

209 — Deux grands vases en porcelaine du
Japon décor polychrome à ibis dans des
paysages fleuris, socles en bois.

210 — Paon en bronze du Japon, socle en
peluche rouge.

211 — Deux lampes formées par des cornets
en ancienne porcelaine de Chine décor
à cartels ornés de paysages et de jardinières fleuries, monture en bronze ciselé
et doré, dans le goût chinois, de Barbedienne.

212 — Paire de landiers en bronze argenté et
doré. Style Renaissance.

213 — Deux vases de forme aplatie en porcelaine de Kien-Long, avec médaillons
à personnages, monture dans le goût
chinois en bronze ciselé et doré, de Barbedienne.

214 — Vase en céladon vert, décor en relief
à paon.

215 — Deux chimères ou chiens de Fô en
grès de Chine, décor en émaux de couleur.

216 — Deux socles forme barils en céladon
vert clair, décor à fleurs.

217 — Petit personnage accroupi en grès et
céladon.

218 — Paire d'appliques en bronze ciselé et
frotté d'or, forme têtes de cerfs, à deux
lumières, système à gaz. Travail de Barbedienne.

219 — Trois appliques en bronze ciselé et
frotté d'or, à trois lumières, système à
gaz. Travail de Barbedienne.

220 — Aigle sur un rocher, en majolique de
Chine.

Office

221 — Grand buffet dressoir en noyer sculpté, le haut vitré.

222 — Deux tabourets en bois sculpté.

223 — Quarante quatre plats, assiettes, coupes, soucoupes en porcelaine de Chine et du Japon (seront divisés).

224 — Deux jardinières en faïence, décor en relief aux coqs.

225 — Quatre coupes en cristal supportées par des figurines d'enfants, en métal argenté, de Christofle.

226 — Deux brocs en cristal taillé, couvercles en argent.

———

2me Étage

Première
Chambre à coucher

227 — Ameublement en bois d'érable et palissandre composée d'un lit de milieu, une table de nuit, et d'un lavabo chiffonnier à dessus de marbre et surmonté d'une glace.

228 — Canapé couvert en velours frappé vert.

229 — Deux chaises en bois d'érable couvertes en velours vert frappé.

230 — Table couverte en peluche grenat et tapisserie au petit point.

231 — Tenture de lit et de croisée en faille
blanche à fleurs avec bandes bleues bro-
chées à guirlandes.

232 — Jolie pendule forme cage en bronze
ciselé et doré à rinceaux et tête de femme,
surmontée d'un vase enguirlandé, style
Louis XVI, cadran signé Barbedienne,
socle en marbre rouge.

233 — Deux vases en satzuma, décor très fin
à déesses dans des paysages, monture en
bronze à têtes d'éléphants.

234 — Paire de flambeaux en bronze orné de
bustes de philosophes, de Barbedienne.

235 — Deux vases sur quatre pieds, en porcelaine du Japon, décor en bleu à volatiles dans des branchages fleuris.

236 — Tapis couvrant la pièce, en moquette
rouge.

237 — Tapis ancien d'Orient, fond bleu à
petits dessins, bordure bistre.

238 — Deux coussins en satin et soierie
brodée.

23g — Pare-étincelles forme éventail, en
bronze. Style Louis XVI.

240 — Devant de feu en bronze et boules en
acier.

241 — BERGEROT (Louise). Jardinière en
cuivre contenant des branches de lilas.

242 — BERGEROT (Louise). Vase rempli
de fleurs et panier de prunes.

243-244 — BERGEROT (Louise). Corbeille
de reines-marguerites et panier rempli de
fleurs. Deux pendants.

Salon Chinois

245 — Ameublement en bois laqué rouge à filets vert et or couvert en velours grenat brodé de soie et de fils métalliques, dessin à grands entrelacs fleuris, travail de style Chinois, composé d'un canapé ou grande banquette et de quatre chaises de la maison Pecquereau et Guilbert.

246-247 — Deux jolis cabinets chinois en laque, fond aventuriné d'or, décor représentant des paysages avec paon et faisan, ouvrant à neuf tiroirs et deux portes, garnis d'appliques gravées et posant sur des tables en bois laqué et aventuriné à filets d'or.

248-249 — Deux glaces biseautées avec cadres en bois sculpté, noirci et doré, glace biseautée avec cadre en verre de Venise.

250 — Table à jeu en acajou garni de bronzes ciselés et dorés à rinceaux feuillagés et fleuronnés, pieds à cannelures. Style Louis XVI.

251 — Deux gaines en bois noir à filets de cuivre, ornés de bronzes, dessus en marbre rouge.

252 — Décor de croisée tout en broderies de soies multicolores et métalliques ornées de paillettes et de glaces, dessin à dragons et chimères. Travail de l'Extrême-Orient.

253 — Bandeau analogue sur fond bleu.

254 — Jolie pendule en bronze ciselé, bruni et frotté, à chimères, socle en marbre jaune et noir. Travail dans le goût chinois, de E. Cornu.

255 — Deux flambeaux en bronze ciselé et doré à guirlandes et têtes de béliers. Style Louis XVI.

256 — Paire de candélabres à cinq lumières formés par des vases en ancien émail cloisonné de Chine, fond bleu turquoise à entrelacs fleuris et lambrequins, monture en bronze bruni et frotté.

257 — Paire de vases en porcelaine de Sèvres gris bleuté, décor d'or à ceps de vigne, monture en bronze ciselé et doré pouvant former flambeaux.

258 — Jardinière de forme lobée en émail cloisonné, fond jaune à fleurs, monture en bronze.

259 — Deux chimères en ancien émail cloisonné de Chine, fond noir.

260 — Deux candélabres à sept lumières formés par des vases de forme aplatie en ancien émail cloisonné de Chine, fond bleu à fleurs, monture en bronze fumé et frotté, de Barbedienne.

261 — Deux éléphants en ancien émail cloisonné, fond noir avec caparaçon en émaux de couleur.

262 — Deux chiens de Fôo en satzuma, décor très fin.

263 — Deux statuettes de déesses en porcelaine du Japon, décor polychrome.

264 — Deux consoles d'appliques en bois sculpté et noirci à rehauts d'or.

265 — Beau buste en bronze : la Cléopâtre. de Clésinger, signé et daté 1860, édition de Barbedienne.

266 — Buste en bronze de Clésinger, signé et daté 1860, édition de Barbedienne. pendant du précédent.

267 — Vase tulipe laqué rouge à personnages en or, socle bois doré.

268 — Plateau en ancien émail cloisonné de Chine, fond bleu turquoise, décor, objets

d'ameublement, monture en bronze brun
et frotté.

269 — Devant de feu en bronze noirci frotté
d'or.

270 — Pare-étincelles forme éventail analogue.

271 — Carpette ancienne d'Orient, fond rose
à fleurs, encadrée de moquette rouge.

272 — Deux coussins en satin brodé de Chine
à volatiles.

273-275 — Trois fixés : paysages et portrait
de femme, encadrés.

276 — BERGEROT (Louise). Bouquets de
fleurs. Deux peintures sur porcelaine se
faisant pendants.

277 — BERGEROT (Louise). Fleurs dans
des pichets en faïence, natures mortes,
deux pendants.

278 — ÉCOLE FRANÇAISE. La leçon de
lecture, dessin au crayon rehaussé de
couleur.

279 — ÉCOLE MODERNE. Oiseaux pris au
piège, peinture sur porcelaine.

Cabinet de Travail

280 — Grande bibliothèque en poirier noirci et sculpté, le haut à glaces. Style Renaissance.

281 — Bureau plat en poirier noirci, dessus drap vert.

282 — Bahut à hauteur d'appui en poirier noirci, flanqué de chaque côté de colonnettes cannelées.

283 — Table en bois noir et filets de cuivre.

284 — Beau canapé en bois noir couvert en peluche grenat, garni d'applications en ancienne tapisserie avec médaillons reprétant des paysages, accostés d'arabesques feuillagés. Travail de Pecquereau et Guilbert.

285 — Deux fauteuils couverts en velours de lin rouge, dossier et siège en ancienne tapisserie au petit point représentant des paysages animés d'animaux et volatiles avec vues de châteaux en perspective, garnis de franges assorties.

286 — Deux fauteuils en bois noir sculpté, style Louis XIII, couvert en imitation de tapisserie, fond crème, avec médaillons en ancienne tapisserie à paysages.

287 — Six chaises en poirier noirci et sculpté, style Louis XIV, couvertes en tapisserie au petit point à paysages animés d'animaux et de volatiles. Montées par Pecquereau et Guilbert.

288 — Glace biseautée avec cadre Louis XIII en bois sculpté et doré.

289 — Deux gaines en bois noir et filets de cuivre, garnies de bronzes, dessus en marbre rouge.

290 — Deux supports en bois noir sculpté avec plaques émaillées.

291 — Jolie garniture de cheminée composée d'une pendule forme fût de colonne cannelée en marbre vert, orné d'un tore de laurier en bronze doré et surmonté du buste de Molière, avec deux candélabres formés par des vases en bronze, décor en relief à sujets d'après Clodion d'où s'échappent des bouquets à sept lumières, et posant sur des socles en marbre vert. Travail de Barbedienne.

292 — Deux vases en ancienne porcelaine de Chine à cachets, sur socles en bois.

293 — Coupe en porcelaine du Japon, décor polychrome, monture en bronze.

294 — Deux bas-reliefs ovales en bronze, d'après Jean Goujon, édition de Barbedienne, sur fond de peluche rouge.

295 — Deux grandes lampes formées par des vases en craquelé de Chine, anses bron-

zées à chimères, monture en bronze ciselé et doré, de Barbedienne.

296 — Beau buste, grandeur nature, en bronze patine claire représentant **Le Christ** de Clésinger (signé), édition de Barbedienne, sur fût de colonne en marbre vert de mer.

297 — Paire de flambeaux en bronze ciselé et doré à cannelures et piècettes enfilées. Style Louis XVI, édition de Barbedienne.

298 — Deux consoles d'applique en bronze forme tête d'éléphants, édition de Barbedienne, sur fond de peluche.

299 — Paire de jolies lampes formées par des vases en ancien émail cloisonné, fond jaune à fleurs, monture en bronze doré de Barbedienne.

300 — Deux vases à anses en ancien satzuma à oiseaux et petits dessins.

301 — Vase en céladon gris.

3o2 — Coupe en ancienne porcelaine de
Chine, monture en bronze fumé et frotté.

3o3 — Deux décors de croisée en velours de
lin grenat orné d'applications en ancienne
tapisserie à vases fleuris, rinceaux, oiseaux
et ornements, garni de franges et passe-
menterie assorties.

3o4 — Beau tapis de table en velours de lin
grenat garni au centre et sur les bords
d'un grand médaillon à fleurs et guirlande feuillagée en ancienne tapisserie.

3o5 — Grand coussin en peluche havane offrant en broderie un écusson accosté de
deux aigles et surmonté d'une couronne.

3o6 — Tapis de smyrne, fond rouge, dessin
polychrome.

3o7 — Petite carpette d'Orient.

3o8 — Tenture murale en soierie quadrillée
à rosaces, fond vert.

3o9 — BOUDIN (E.) Marine, vue de port, signé. Très beau tableau.

3io — BOUDIN (E.). Marine, signé. Pendant du précédent.

Deuxième
Chambre à coucher

311 — Ameublement en acajou moucheté, garni de filets de cuivre, composé d'un lit de milieu, deux tables de nuit à dessus de marbre, une commode ouvrant à trois tiroirs à dessus de marbre et un meuble cabinet. Style Louis XVI.

312 — Canapé ou banquette, deux fauteuils en acajou ciré, garni de filets de cuivre, couverts en velours, fond noir avec applications de broderies métalliques orientales.

313 — Quatre coussins analogues.

314 — Joli petit guéridon en acajou, garni de bronzes ciselés et dorés, dessus en marbre veiné et galerie ajourée. Style Louis XVI.

315 — Chaise longue, couverte en satin crème broché à bouquets fleuris.

316 — Pouf formé de deux coussins superposés et couverts de broderies de l'Inde.

317 — Tabouret en bois noir, couvert de broderies orientales.

318 — Décors de lit et de deux croisées en soie violette armurée, avec bandes en velours prune, brodée à branche de fleurs, baldaquin et galeries en acajou moucheté, garni de filets de cuivre.

319 — Jolie pendule en bronze ciselé et doré, à draperie, guirlandes de fleurs, rosaces et perlés, cadran signé Barbedienne, surmontée d'un buste en marbre blanc, représentant Jeanne d'Arc, de E. Aizelin (signé).

320 — Paire de beaux candélabres à cinq lumières, formés par des éléphants, en ancien émail cloisonné de Chine, fond

blanc et bleu turquoise, monture en
bronze doré de Barbedienne.

321 — Deux vases de forme aplatie en porcelaine de Chine, Kien-Long, fond jaune à rinceaux fleuris avec médaillons réservés, en blanc à personnages, monture en bronze ciselé et doré de Barbedienne.

322 — Deux assiettes en porcelaine de Sèvres, bordure à animaux dans des rinceaux, aux chiffres de Louis-Philippe.

323 — Paire de très beaux ibis en ancien émail cloisonné de Chine, fond blanc, posant sur des terrassements fond bleu turquoise et tenant dans leurs becs une branche en bronze à deux lumières de Bardienne.

324 — Jolie galerie de foyer en bronze doré, orné d'une divinité au centre et aux bouts de deux chimères assises, en émail cloisonné, fond bleu turquoise.

325 — Pare étincelles forme éventail, en bronze ciselé. Style Louis XIV.

326 — Beau verre d'eau composé d'un plateau, un sucrier et une pince à sucre en vermeil finement ciselé à guirlandes, perles et feuilles d'achante, carafe en cristal taillé, de la maison Aucoc.

327 — Deux consoles d'applique en acajou moucheté garni de bronzes. Style Louis XVI.

328 — Glace biseauté ovale avec cadre doré. Style Louis XVI.

329 — Deux chaises basses couvertes en velours noir à broderies métalliques orientales.

330 — Coussin en satin violet brodé de soleils.

331 — Couvre lit en ancien cachemire brodé de soie, monté sur fond de peluche bistre.

332 — Grande carpette orientale, fond havane
à médaillon, avec large bordure polychrome.

333 — Coussin en drap gris, orné de broderies orientales.

Troisième
Chambre à coucher

334 — Ameublement composé d'un lit de milieu, une toilette lavabo, formant chiffonnière à dessus de marbre et surmontée d'une glace, une table de nuit et une table bureau, dessus en velours rouge, le tout en chêne sculpté à colonne torse. Style Louis XIII.

335 — Deux chaises analogues couvertes en tapisserie ou point à fleurs sur fond noir.

336 — Décorations du lit et d'une croisée en tapisserie au point dessin polychrome, baldaquin et galerie en chêne.

337 — Paire de beaux vases à 4 faces, en porcelaine de Chine, Kien-Long, décor

fond rose à fleur, avec cartels réservés
personnages et branchages fleuris, monture en bronze poli à têtes d'éléphants de
Barbedienne.

338 — Lustre en bronze doré à une lampe et
six bougies, de Barbedienne.

339 — Pendule en marbre rouge simulant un
fût de colonne cannelée, surmontée d'un
buste en bronze, femme drapée, de E. Aizelin, signé et daté 1880, édition de Barbedienne.

340 — Deux lampes formées par des vases
en porcelaine, décor à cartels avec personnages chinois, monture en bronze.

341 — Deux consoles d'applique en chêne
sculpté.

342 — Devant de feu en bronze bruni. Style
Louis XIII.

343 — CONTI (Tito). Femme du Moyen-
Age, aquarelle.

5.

Petit Salon

346 — Ameublement composé d'un canapé et de deux fauteuils couverts en tapisserie au point, dessin à grands ramages en polychrome.

347 — Deux chaises en poirier noirci et incrusté de filets de cuivre, couvertes en velours de Gênes marron à feuillages sur fond bleu clair.

348 — Deux chaises légères analogues, couvertes en velours noir, avec broderies orientales.

349 — Deux étagères en poirier noirci avec filets de cuivre.

350 — Grande boîte en laque noire de Chine, décor de cachets impériaux et garnie d'ap-

pliques en cuivre gravé, posée sur console laquée et aventurinée.

351-352 — Deux glaces biseautées avec cadres doré, fronton à rocailles.

353 — Décor de croisée en peluche bleue avec bandes en tapisserie au point sur fond blanc à branchages fleuris.

354 — Jolie garniture de cheminée en bronze ciselé et doré à guirlandes, chutes et tore de laurier, composée d'une pendule sur-montée d'un vase enguirlandé et de deux candélabres à rinceanx feuillagés et fleu-ronnés à six lumières, style Louis XVI, cadran signé Barbedienne.

355 — Deux vases en ancienne porcelaine de Chine, décor à nombreux personnages, socle en bois noir sculpté.

356-357 — HAUSER. Paysages, deux pen-dants.

358 — MARONY. Le petit Porteur, dessin rehaussé de couleur, cadre bois sculpté.

359 — JOSEPH (F. B.). Intérieur de poulailler, aquarelle.

360 — BRETON (L.). Souvenir d'Honfleur. Aquarelle signée.

361-362 — BERGEROT (Louis). Branches de soleils, deux pendants.

363 — ÉCOLE FRANÇAISE. Portrait de jeune garçon, dessin aux crayons de couleur, en bois sculpté.
364 — ÉCOLE INDIENNE. Scène de la vie agricole, peinture sur parchemin.

Quatrième
Chambre à coucher

365 — Ameublement en poirier noirci et sculpté composé d'un lit de milieu, une armoire à glace biseautée, une table de nuit et une toilette lavabo formant chiffonnier à dessus de marbre rouge surmontée d'une glace.

366 — Deux fauteuils et quatre chaises en poirier noirci et incrusté de filets de cuivre, couverts en drap rouge et applications de velours noir avec chiffre E. P.

367 — Quatre chaises légères analogues, couvertes en velours noir brodé de soie de différentes nuances au chiffre E. P.

368 — Meuble à hauteur d'appui en bois noir marqueterie de cuivre et d'écaille garni de bronzes dorés. Style Louis XIV.

369 — Bureau plat en bois noir incrusté de filets de cuivre, dessus en drap rouge, pieds à contours.

370 — Glace bisautée avec cadre en bois noir et filets de cuivre.

371 — Glace biseautée avec cadre en bois d'ébène sculpté, garnie d'appliques en cuivre. Louis XIII.

372 — Deux lampes en craquelé de Chine, monture bronze, socles en bois noir.

373 — Paire de vases de forme cylindrique en ancien émail cloisonné de Chine fond bleu turquoise à cartels fond rouge, dessin à volatiles et branchages, monture bronze.

374 — Deux bouteilles en porcelaine de Chine décor à oiseaux dans des branchages fleuris.

375 — Deux bouteilles en cristal rouge taillé.

376 — Deux vases sur pied en verre bruni, dessin gravé représentant des cerfs.

377 — Paire de flambeaux en bronze à ceps de vigne.

378 — Verre d'eau en cristal taillé.

379 — Devant de feu en bronze doré, forme boule, style Louis XIII.

380 — Tenture de lit et de deux croisées en drap rouge, bordure en velours noir aux chiffres E. P. baldaquin et galeries en bois noir à filets de cuivre.

381 — Petit tapis genre oriental.

Cinquième

Chambre à coucher

382 — Bel ameublement en poirier noirci
et sculpté à colonnes torses de style
Louis XIII, composé d'un lit à baldaquin,
une armoire à glace biseautée, un chiffonnier et une table de nuit, dessus en
marbre noir.

383 — Petite table à tablette en poirier noirci,
pieds à balustres.

384 — Canapé et quatre fauteuils couverts
en velours rouge avec bandes en broderies orientales.

385 — Deux chaises basses couvertes en velours rouge avec bandes en broderies
orientales.

386 — Décorations du lit et des deux croisées en velours rouge et bandes en broderies orientales.

387 — Glace avec cadre doré Louis XIV à mascarons, guirlandes et chimères.

388 — Paire de lampes en craquelé de Chine, monture en bronze fumé.

389 — Deux flambeaux en bronze, pieds à sabots.

390 — Deux vases en faïence bleue avec médaillons représentant des nymphes et des amours, socles en bois sculpté dans le goût chinois.

391 — Flambeau bouillote en bronze ciselé et poli à guirlande de laurier. Style Louis XVI.

392 — Verre d' au en cristal taillé avec plateau et deux cuillères en métal argenté, de Christophle.

3g3 — Devant de feu en bronze bruni à cariatides de bacchants.

3g4 — Six petits émaux, vues de paysages et de châteaux, montés sur fond de velours grenat.

3g5 — Tapis de table en broderie orientale à feuillages et fleurs.

3g6 — Petite carpette genre oriental.

3g7 — Tapis moquette fond bleu dessin polychrome couvrant les pièces du 3e étage.

Cabinet de toilette

398 — Toilette lavabo en acajou, à dessus de marbre blanc, surmonté d'une glace.

399 — Chaise couverte en velours grenat et bandes en tapisserie fond bleu.

400 — Décor de croisée en cretonne imitant la tapisserie.

401 — Meubles courants.

402 — Objets divers.

www.ingramcontent.com/pod-product-compliance
Lightning Source LLC
LaVergne TN
LVHW012223170726
843503LV00005B/2229